山手二十九次

間宮健二

瑞昇文化

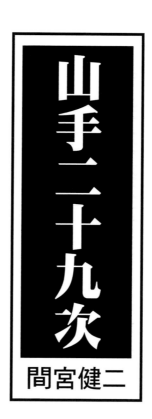

30年前描繪的風景

已經是三十年前的事情了，有一天，我突然決定把東京山手線各車站的風景描繪下來，也就是把二十九個車站最具代表性的景致用畫紙記錄下來。

但是，如果只是描畫各車站的風景，似乎又太無趣，我希望透過自己的畫作，充分表現出各站的特色，也就是希望透過作品讓人能夠神遊山手線二十九個車站。

其實這是我就讀東京藝術大學時的畢業作品，有一天，我心血來潮決定畫出山手線的每個車站，交稿日是三個月後。

我把這個主意告訴朋友之後，朋友的回答是：「山手線總共有二十九個車站，你必須三天畫一個車站。」這個結論讓我有點憂慮，為了不延誤交稿日期，第二天我就開始著手進行。

袋
塚
巣鴨
駒込
田端
西日暮里

我買了國鐵一日券，東京車站為第一站，依照順序在每一站上下車，花費整整一天的時間，一日券的每一站都被剪票員剪了一個缺口。

回到住處後，過著晚上作畫，白天補眠的生活，一共持續三個月的時間。

當時幾乎是大門不出二門不邁，有時偶爾忙裡偷閒到附近走走，就可以讓自己快樂一整天。

當時每個作畫地點的景色看似理所當然，但是，經過三十年歲月的洗禮，再回頭一看，那些景色卻再也不復以往，說起這一點固然讓人感到一絲憂傷，卻也有其耐人尋味之處。

因為，有過去，才有現在！

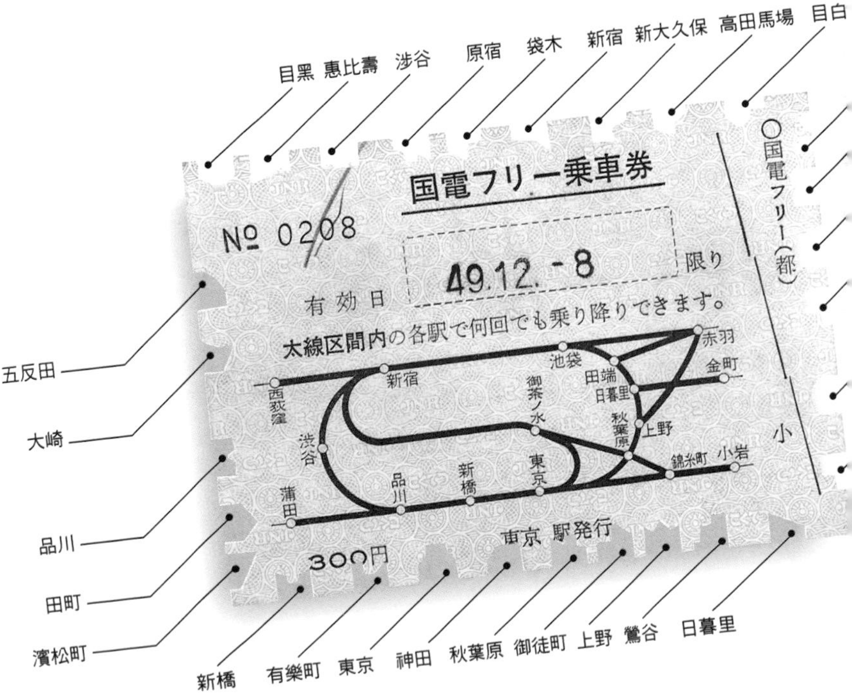

東京車站

相隔三十年，我又站在東京車站「丸之內南口」的位置，也就是中央郵局前面的斑馬線。

東京車站從大正三年（一九一四年）開業以來，至今已有九十三年的歷史。明治二十二年（一八八九年），日本國鐵的東海道本線（新橋～神戶之間）全線通車，日本鐵路以上野為起點，建設一條連接青森的鐵路。因此，日本政府決議建設一條高架鐵路，以便連接新橋與上野，明治二十九年（一八九六年）的帝國議會，決定在這條高架鐵路的中間建設「中央停車場」。後來因為中日甲午戰爭和日俄戰爭的影響而拖延，但是仍於大正九年（一九二〇年）正式開通，同時命名為「東京車站」。東京車站的位置原本就設定在皇居的正對面，只要從皇居前廣場往前直走的話，就可以抵達「丸之內口」的中央貴賓出入口。車站最早是三樓建築，擁有美麗的圓拱形屋頂，昭和二十年（一九四五）五月廿五日遭到轟炸，屋頂與三樓部分受損。修建後改為二樓建築，北邊與南邊的圓拱形屋頂因受損而拆除，當初為了應急，乃利用戰鬥機廢棄不用的硬鋁合金蒙皮，做成簡單的三角型屋頂，希望能度過四、五年的時間，沒想到就這樣沿用至今。目前已著手重建工程，計劃回復最早的面貌，預計二〇一二年可以完成。

三十年前，我的作畫主題是「通勤者—上午八點五十九分」，畫面中所呈現的是一群即將遲到的上班族男男女女，即使是現在這種風貌依然不變。還記得小時候，家裡沒有電視，只能從電影中看到上班族走在東京車站的身影，雖然當時留下的影像已經有點模糊，但是，東京車站卻深深刻劃在我的腦海裡。

山手二十九駅
勤め人
午前八時五十九分
KIOSK
TAXI

神田車站

我對神田車站的主要印象是，許多上班族在高架橋下的小吃店喝酒的景象，所以就把它畫在作品中。另外我又畫了第二張與神田車站有關的圖畫，也就是夜色籠罩的舊書街——神田神保町。這個地方距離神田車站大約須步行二十分鐘以上，不過，卻是神田一帶最著名的地區，光是舊書店就多達一百八十多家，據說是全世界最大的舊書街。

江戶時代，這一帶都是幕府手下的武士所居住的一大片宅邸，到了明治時代，這裡成為新政府的高官貴族與知識份子聚居之處，後來補習班與專門學校陸續在此設立，同時吸引許多書店到此開設。到了大正時代，由於大力提倡民主主義，學校教育就更受重視，各種教科書與參考書應運而生，促使舊書買賣更加興盛。為了避免西曬，幾乎所有店舖都位在馬路上的南邊，店口朝北，這倒成了這一帶很有趣的特色。

我在高三與重考大學的那一年，讀過位在「御茶之水」的美術補習班，所以經常在這條街上走動，也讓我深深愛上這裡，所以決定把它畫下來，尤其是在這條舊書街購買二手的美術雜誌，更是最令我懷念的往事！

山手二十九次
学生街
神保町昼景
辞書はコンサイ
八木書店
一心堂書店
古書買入
291-1311
FIRE HYDRANT
消火栓
洋酒 ラドリオ
東陽堂書店
玉英堂書店
学生の街
SHOSEN GR
一心堂

秋葉原車站

「秋葉原」的來源可以遠溯到明治二年發生在「相生町」的一場大火，當時東京府下令設一處九百坪的防火地區，稱為「鎮火原」，隔年，從遠州聘請具有鎮火神力的「秋葉大權現」，成立鎮火神社。這個地區就稱為「鎮火原」，後來又把鎮火神社改為秋葉神社，於是就將這一帶稱為「秋葉原」，明治二十三年在此地建設車站之後，就正式命名為「秋葉原」。

二次大戰後，駿河台、小川町界限的黑市市場，逐漸演變為專門販賣收音機零件，昭和二十六年，相關單位宣佈進行整合規劃，統一搬遷到高架橋下。

相隔三十年我又站在相同的地方，其實我偶爾也會來到秋葉原，但是卻好久未曾站在我作畫的這個地點，抬頭一看，似乎只有招牌上的電器名稱不一樣而已，其實自從平成十七年（二〇〇五年）八月，筑波線鐵路快車通車之後，秋葉原儼然已經成為新東京的重要窗口了。

過去的秋葉原電器街專門出售廉價的家電用品，現在也販售電腦、電子產品、動畫遊戲軟體等各種3C用品，也是「女僕咖啡屋」的發源地，最早的時候，這一帶是馬戲團表演的場所，讓人感受到秋葉原隨時懂得改變風格來因應時代需要，相信將來她必會隨著時代的變遷而更換她的娛樂性質。

山手二十九次
電気製品
問屋街
オーディオ
ROCKET AUDIO
COMPONENT STEREO
2階 カラー大バーゲン
国鉄指定店
3階 オーディオ

御徒町車站

御徒町的日語發音是「OKACHIMACHI」，聽起來就像是兒童咬字不清的說「糖果餅乾街」，這一帶原本是江戶城北方的護衛，幕府把這裡設為住宅區分封給屬下，並把每個住宅區分別命名為「御先手組」、「御書院番組」、「御徒士組」，寺廟與武士享有治外法權，所以並沒有正式的街名，一般人通常稱其為「御徒町」或「中御徒町」，到了明治五年，才正式命名為「御徒町」，昭和三十九年又更換名稱，除了保留車站名稱以外，一概不用「御徒町」做為地名。

我四處尋找三十年前的那棟大樓，一直擔心現在可能設有嚴密的保全，無法順利進入。不過，還是很幸運的抵達同一棟大樓的二樓窗邊，正對面就是紫菜商店，周圍的商店早已有了明顯的變化，不過，高架橋下的生鮮商品店、珠寶首飾店、糖果餅乾店、櫛比鱗次的商家與顧客的喧鬧聲依然沒有改變。快到過年之前，電視畫面總是競相介紹這條商店街的人潮，採買過年過節物品的人擠滿整條商店街，總之，這是一個和日本年節極有關聯的一條街。

山手二十九次
アメヤ横丁
夕景
アメ横
餃子専門店
三番園

上野車站

我站在上野車站的淺草口，這裡曾經是東京北邊的大門，明治時代，石川啄木曾經在這裡歌詠一首詩：（譯註：明治時代著名的詩人、評論家）「我佇立在人聲鼎沸的停車場，傾聽我最懷念的鄉音。」

昭和三十年代左右，井澤八郎所唱的「啊！上野車站」，一直是集體就業的團體最愛傳唱的一首歌，由這裡出發的快車「津輕號」，又被譽為「出人頭地列車」，當年集體抵達東京就業的人們，最大的心願就是，搭乘津輕號快車的頭等車廂返鄉以傲視故鄉的親友。

現在，從昭和五十七年開通的「東北上越新幹線」，終於在平成三年可以抵達東京車站，原本是東京北邊大門的上野光環逐漸淡化，淺草口的特快車顯示板也從手寫式改為電子顯示，不過，人聲鼎沸仍是橫跨三十年時空沒有改變的光景。

山手二十九駅
中央改札口
雑踏
案内所
お忘れもの承り所
列車発車時刻
常磐線
通路
きっぷ
のりば
タクシー
払いもどし
精算所

鶯谷車站

鶯谷車站最讓人懷念的，就是一大早從車站的廣播器流洩出如黃鶯出谷的鳥啼聲。

我大學讀的是東京藝術大學，此站幾乎緊臨東京國立博物館，所以我應該去過幾次，然而卻毫無記憶，這裡是山手線二十九個車站中，下車人數最少的一站，也是唯一沒有綠色窗口的車站，直接在售票機購買車票。車站東側林立大大小小的賓館，只要步行一公里左右，就抵達轟動全日本的風化街——吉原。

三十年前，我走出南口，一邊看著下方的鐵軌一邊走過天橋，當時我把階梯旁的烤肉店畫在紙上，印象中似乎記得烤肉店後方的建物正在興建當中。

我站在相同的地點，日暮黃昏時刻，整個攤子早就擠滿熟客，我把三十年前的畫作影印拿給店家看，老闆娘興奮得大聲嚷嚷：「啊！畫的就是這裡呀！」「送給妳做紀念好嗎？」我這番話居然讓她喜出望外。

但是，不知道為什麼，我總覺得有一點格格不入的感覺。我好似搭乘時光機從三十年前來到這裡，來到三十年後的未來世界，內心卻有一股怪怪的感覺。

山手二十九駅
黄昏帰宅寸景
旅館 一條
辺見外科
ホステス大募集！
カレーハウス
森田工務店

日暮里車站

第一次看見這個站名的人，相信沒有幾個人可以說出日語發音，從很早以前，這裡就以美麗的夕陽名聞遐邇，所以才有日暮里這個地名。在日暮里車站和西日暮里車站之間，有一個「富士見坂」，東京都內有許多可以看見富士山的地方都被命名為「富士見坂」，卻因為都市開發，許多地方已看不到富士山，唯有這處「富士見坂」仍可清楚看到富士山。

日暮里離我就讀的大學非常近，位在車站西側的谷中墓地的櫻花隧道、朝倉雕塑館、谷中銀座、千代紙店等等，都是我大學時代最愛散步的路徑。當時的車站還是一個古樸的建築物，有一個京成本線專用的月台，和一般月台並不相同，自從成田機場啟用，利用京成特快車的乘客劇增之後，本來從上野JR車站換搭京成特快車的乘客紛紛覺得不方便，而改由日暮里換車的乘客不斷增加，致使日暮里一躍而成為山手線非常重要的車站，現在的車站中央大廳正在建設電梯與手扶電梯。

目前的變化是，日暮里到舍人的路線將於二〇〇八年通車，終點站是「見沼代親水公園車站」，整條路線約十公里，共十三站，行駛時間約二十分鐘。

日暮里車站東站前過去原本是餅乾糖果批發商的聚集處，如今商家數量已經遽減，剩下的六家店舖即將遷入新站前的大樓，相信在不久的將來，新車站將會呈現另一番新景象。

山手二十九駅
駅前
日暮時
日暮里駅
NIPPORI STATION

西日暮里車站

西日暮里車站是山手線二十九個車站當中最新的一個，昭和四十四年（1969年），千代田線的車站啟用，為了聯結山手線，乃於昭和四十六年在此設立新站，此站和日暮里車站僅僅相距五百公尺，而且呈一直線，所以不論站在哪個車站，都可以清楚看到另一個車站。這個車站尚未設立之前，開成學園的學生都是利用田端車站或日暮里車站，三十年前我畫這張畫的時候，此站才剛設立第四年，和日暮里車站、田端車站的古樸建物比較起來，這裡反而一點也不像車站，多數的乘客似乎都是利用地鐵換車，在我的記憶中，車站前的商家店數非常少。

當時我走出新設的剪票口，步行到田端車站，走上一個小山坡，來到一處廢棄的水泥集貨地，以前這裡可能是負責把水泥裝載在貨車上，送到火車再運送到各地，後來有了水泥攪拌機，完全替代了這處集貨地的功能，於是此地就完全廢棄不用了，在新車站的旁邊居然有一處廢墟，令我覺得相當有趣，於是決定把它畫下來。

現在，我就站在同樣的地點，這裡已經建了一座雄偉的建築物，在建物的正對面，東北新幹線經常呼嘯而過，原本是一處廢墟，三十年後又是一番新氣象，或許這也算是物換星移的都市景象之一吧！

山手二十九話
怨歌
工場跡無残

田端車站

明治中期，田端還是一片樹林、田野的農村景致，明治二十二年，上野的東京美術學校成立之後，貧窮的藝術家為了尋求適合創作的廣大土地，乃紛紛聚集到這個地方。明治四十一年、四十二年，留過洋的「太平洋畫會」的小杉放庵，模仿歐洲的俱樂部形式，在三百坪的土地上設立文化風格的「白楊俱樂部」，擁有兩座網球場與一座俱樂部大廳，使田端一帶儼然成為當時的藝術家村，從大正末期到昭和之間，芥川龍之介等許多文人相繼進駐，後來被譽為「田端文人村」。

三十年前我畫的是當時的車站主體，田端鐵橋橫跨大馬路的上面，當時大雨滂沱，我決定把雨水的線條和上橋的階梯畫成對角線，形成一個有趣的畫面。

平成四年三月，這座鐵橋已經更名為「田端觸合橋」，同時兼具站前廣場與公園的機能，提供過往路人在此暫歇，階梯下的公共廁所依然位在相同的位置，不過，階梯改為腳踏車專用的斜坡式，整個風景看起來變得更複雜，原本在階梯上的小餐館以及站著吃的麵店，變成階梯旁的二樓建築物。

我把三十年前的畫作拿給站著吃的麵店店員看，他一臉吃驚的說：「啊！這是我小時候的情況！」聽到這句話，三十年的歲月飛也似的在我的眼前晃過一圈。

山手二十九坂
時雨
田端大橋
労災指定
ほねつぎ専門
田端名倉堂

駒込車站

重考大學之前，我曾上過美術補習班，當時有一個好朋友O，O住在霜降銀座商店街，家裡經營水果店，這一帶有四條商店街串連在一起，包括：霜降銀座、染井銀座、西原銀座、觸合街，不論走到哪裡，感覺好像都一直置身於熱鬧的商店街當中。

自從推理小說家內田康夫把主角人物的家安排在霜降銀座之後，這裡突然變成一處非常聞名的商店街，我走在這一帶，想找尋三十年前的豆腐店，卻一直不見蹤影，我試著問過附近店家的年輕店員，卻沒有人知道，其中一個還對我說：「我來這裡已經七年了，卻從未聽過這家店。」那家豆腐店就這樣神秘消失的無影無蹤。我四處走了十五分鐘，不久在染井商店街找到一家豆腐店，卻不是我說的那家店，有一位很早就在此開店的舶來品店老闆娘對我說：「對，就是那家水果店，很久以前原本是豆腐店。」她說的地點果然是正確的，但是，好友O家裡開的水果店卻從這條商店街消失了。

人，活在這個世界上，商店街，也在汰舊換新的狀態下活在這條街上。

山手二十九站
霜降銀座
暮色
霜降銀座
洋品店
定価表

巢鴨車站

談到巢鴨就會讓人連想到高岩寺的地藏菩薩，巢鴨地藏街是一條綿延不斷的商店街，專門銷售老人的各類用品，這條街上設有老人博愛座，不過，來這裡逛街的以老人居多，所以，有資格坐在這種博愛座的恐怕需要超過八十歲。

這條街上偶爾可以看到年輕觀光客，但是在眾多歐巴桑的推擠之下，恐怕早就被淹沒在人海中。櫛比鱗次的商店所銷售的貨品幾乎少有適合年輕人的貨色，在外國人眼中，巢鴨已經和淺草並列為最具日本特色的觀光景點，更是代表東京在地特色的一個重要地點。

三十年前的巢鴨大抵也脫離不了這種色彩，但是卻還不是代表性的觀光地，進入高岩寺的山門，右側就是清洗手與口的小水池，三十年前，這個小水池上方設有鐵絲網，以防止鴿子在池中戲水，信眾必須掀開鐵絲網才能夠取水清洗手與口。現在的山門已改為比較輕巧的木造式，觀光客也比以前增加許多，多到連鴿子也難以靠近水池邊。

山手二十九景
とげぬき地蔵境内

大塚車站

大塚車站的特色就是山手線和東京都電車的交叉點，黑澤明導演的電影「生物的紀錄」當中，有一幕就是東京都電車，當時就是以大塚車站高架橋下做為拍攝的場景。

因為塞車的因素把東京都電車拆除掉，僅留下影響較少的荒川線，從早稻田到三輪橋之間共有二十九站，距離為十二點二公里，行駛時間五十分鐘。

三十年前，我決定畫山手線的時候，首先就以大塚車站做為第一站，這是因為當時還有東京都電車，比較容易構圖。這張圖的右下角原本是一片空白，於是我就以某雜誌所刊出的老婆婆的背影來填補這個角落，後來這個老婆婆居然聲名大噪，這是當時的我始料未及的。

男主角通常是電影中的重要角色，但是，緊張大師希區考克卻喜歡在自己的電影客串演出，所以，我決定依樣畫葫蘆，就在大塚車站畫了一個串場人物，這就是這位老婆婆出現在這一系列畫作當中的不成理由的理由……。

山手二十九次
路面電車悲歌
三ノ輪橋
7514
荒川線
早稲田
7076

池袋車站

包括地鐵、私鐵在內，池袋車站每天上下車的人次大約是二百七十萬人，這是東京都內的第二大站，僅次於新宿車站，也算是全日本的第二大站，更是全世界的第二，所以算得上是世界級的車站。

我仔細調查過這個車站的歷史，發現到品川車站到赤羽車站的路軌早在明治二十八年就已開通，當時池袋仍是一片鄉村地帶，並未設置車站，當初原本計劃在目白車站設置分岐點，後來因為地形的因素而更改為池袋，並在此設置車站。

三十年前畫這張圖之時，也正是各路線乘客在此換車的忙碌時刻，作品中所畫的是山手線的月台階梯，似乎和其他車站沒什麼差異，那麼，為什麼一看此圖就知道是池袋車站呢？這是因為可以在山手線的月台上看到「PARCO百貨公司」招牌的，就只有池袋車站。

當年東京藝大在舊東京都美術館舉辦畢業展時，這系列畫作也曾經參展，當時居然有觀眾正確說出二十九站的站名，這一點倒讓我極感吃驚，那位觀眾之所以能夠一眼就看出池袋車站，就是因為「PARCO百貨公司」的招牌，由此可知，世界上果然還是有厲害的傢伙。

山手二十九次
早朝出勤地獄
2 新宿 渋谷 品川 方面
FOR SHINJUKU SHIBUYA SHINAGAWA
地下鉄
丸ノ内線のりば
有楽町線のりば
PARCO

目白車站

三十年前一提到目白車站，首先浮在腦海的就是「學習院大學」，不過，那是一個封閉空間，畫起來一定非常無趣，所以，我又立刻想起前面有一個開往女子大學的公車站牌，我選在一大早前往作畫，所以正巧碰到許多女大學生排隊上車。

這條公車路線開業之初，目白站的下一站是板橋車站，池袋一帶當時還是一大片農田的鄉村景致，當時原本規劃一條「豐島線」做為日本鐵道品川線的支線，工程也進展到某個程度，卻因為地形問題遭到目白附近居民的反對，最後只好把車站設在池袋的號誌站，因此，現在的池袋並未設置車站，換句話說，也可以把目白車站當做這條路線的終點站。

三十年後，我再度造訪同一個公車站牌，作畫當時的公車站只有一個圓形站牌，如今已經變成可以遮陽避雨的公車亭，學習院大學前的景致並沒有太大的變化，這是最讓我感到慶幸之處。

山手二十九景
女学生
登校風景
目白駅前
日本女子大行
練馬22
か-326

高田馬場車站

三十年前一提到高田馬場車站，就會讓人立刻連想到早稻田大學，但是一站在車站月台上，就會被一座特殊的噴水池吸引住目光，那是一家當舖所設的廣告用噴水池，一位裸女和一位相撲選手面對水柱相互對峙，帶點色情又帶點超現實，暫且不論個人的好惡，這個招牌確實造成震撼效果，所以，當時享有「裸體噴水池」的美譽。

一六三六年，德川家光在此地營造馬場做為訓練馬術之用，再加上這一帶都是高地，俗稱高田，所以乃將此地命名為高田馬場。

三十年前從月台上可以看到「裸體噴水池」，三十年後想必不可能保留下來（各級學校的家長會一定會發出微詞），現在的招牌已改成從高台往下噴出水柱，如果以震撼效果而言，究竟何者佔上風呢？你認為三十年前比較好？可是，我可不敢發表我的意見。

山手二十九號
車窗
猥褻噴水
HOT SKI

新大久保車站

三十年前，新大久保車站附近都是情侶愛去的賓館，在山手線沿線的車站當中，鶯谷和新大久保是兩大賓館集中地，一個緊捱著一個的賓館招牌，形成車站附近的風景特色。

日本著名的某位相聲家高中畢業後，曾經到新大久保擔任站務員，他在表演時常說一段笑話：「我在新大久保擔任站務員，每當播報站名時，我總會脫口說『高田馬場到了』！」

中央線的大久保車站離新大久保非常近，只有三百公尺。現在在東京都內換搭不同地鐵時，經常需要步行一百到兩百公尺，從山手線要換搭中央線，通常都是在新宿換車，所以即使大久保和新大久保距離很近，乘客還是不習慣在此換車。

我曾用雨景來表現田端車站，不知道為什麼我又決定以相同的方式來表現這個車站，我還記得自己非常用心的表現地上的積水。三十年後我又站在相同的地點，賓館的招牌數量已經少了許多，這個角落的右邊原本是一家賓館，現在已改成推拿補習班，這種轉變倒也順理成章，因為兩者都需要許多小房間。

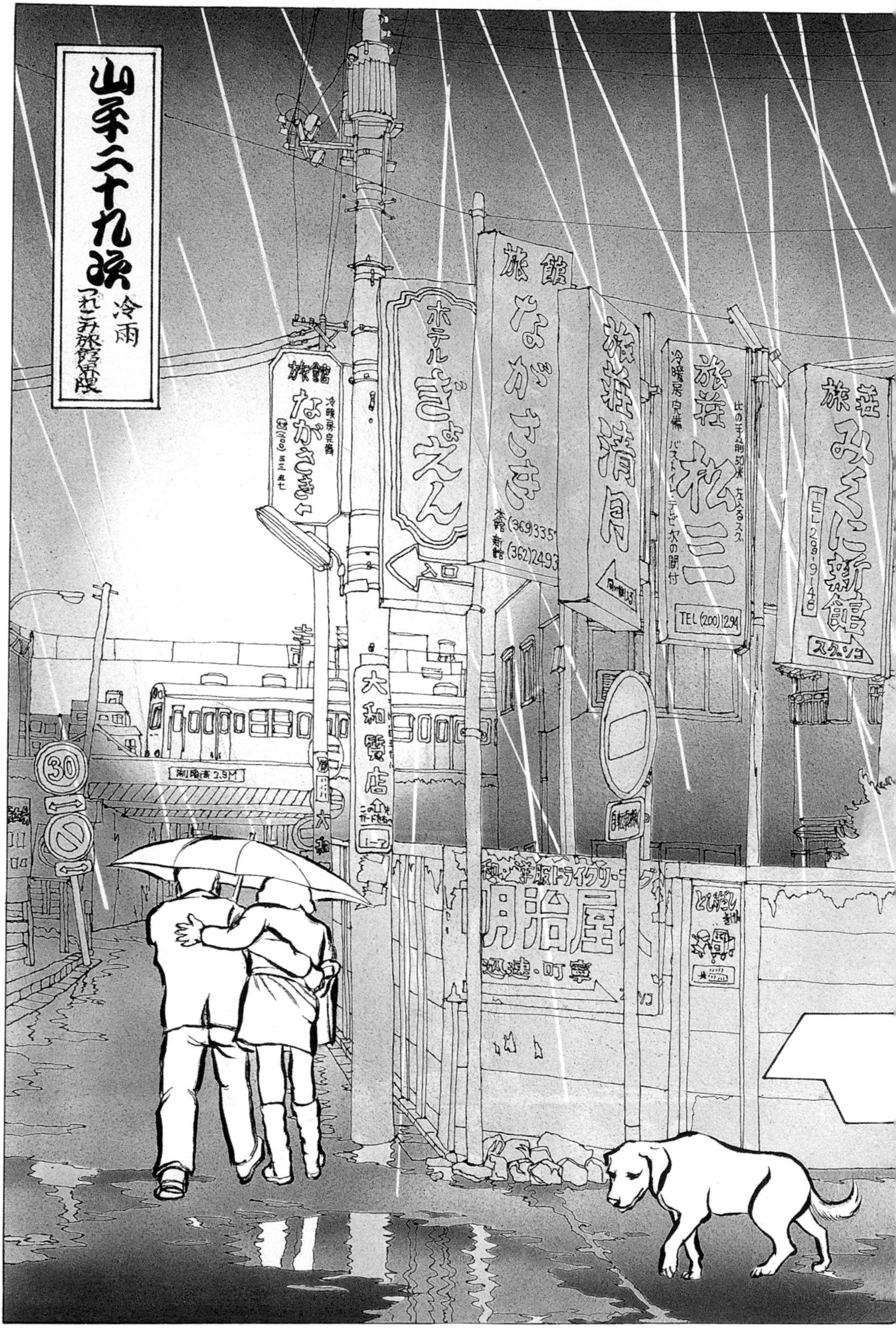
山手二十九次
冷雨
つれこみ旅館界隈
旅館 ながさき
冷暖房完備
ホテル ぎょえん
入口
旅館 ながさき
本館 (369)3351
新館 (362)2493
旅荘 清月
旅荘 松三
冷暖房完備
バス・トイレ・テレビ・次の間付
TEL (200)1294
旅荘 みくに新館
大和質店
30
明治屋
迅速・叮寧

新宿車站

我上網搜尋新宿的資料，顯示出來的結果讓我目瞪口呆，當我打了新宿兩個字，按下確認鍵之後，居然跑出七十一個頁面的資料，新宿除了是JR的車站之外，還包括小田急、京王、東京地鐵、都營地鐵、公車等不同車種，如果把長途巴士也包含在內的話，新宿應該算得上是全世界最大的終點站。從四谷往新宿的方向的住宅街上，有一座新宿歷史博物館，這裡是了解新宿歷史的最佳場所。天正十八年（一五九〇年），德川家康進入關東時，將佔地廣大的宅邸贈與內藤清成，現在的新宿御苑則是這座大宅邸的一部分，沿著北邊的甲州街道所建造的宿站稱為「內藤新宿」，新宿三丁目十字路口的伊勢丹百貨附近，甲州街道與新宿街的分歧點就稱為「追分」，現在的新宿三丁目可以買到「追分丸子」，據說就是當時留下來的名產。

現在新宿車站的人潮已經移往南口，三十年前我繪製這張畫的時候，新宿西口的淀橋淨水廠舊址正在興建高樓大廈，當時的京王廣場飯店顯得更突兀高聳。現在，我站在相同的地點，京王廣場飯店已不再顯得突兀，最高的都廳大樓也不再鶴立雞群。

白天的新宿人來人往，人口相當密集，當時我一再思考如何表現人口密集的景致，後來決定把當時藝術大學的網球社社員放進畫面中，畫面中的學長、學姊和學弟妹都面露微笑，因為這是他們參加網球學習營所留下的紀念照。

山手二十九次
現代
新宿追分

代代木車站

每次聽到「代代木」就讓我回想起重考大學的年代，因為當時有一個名聲響亮的補習班就叫做「代代木專研班」，我不曾去過這個補習班，從各種媒體廣告得知是一種大班授課的方式。

當時補習班到處林立，車站前放眼望去都是補習班的大小招牌，現在則因為少子化，人人可輕易進大學，補習班反而失去昔日光彩，現在的代代木已經不再是升學補習班林立的景象，代之而起的反而是「代代木動畫學院」等頗受兒童歡迎的才藝補習班。

一九八〇年到一九九〇年之間，山手線的月台設有「塗鴉板」，供手癢的乘客盡情塗鴉，當時通常都是大學重考生祝福自己順利考上大學的字句，不知何時開始，留在塗鴉板上逐漸轉變為漫畫之類的塗鴉，這應該也算是一種時代的變遷吧！

当世浪人哀歌
大学受験　高校補習
代々木学院
代々木ゼミ
代々木ゼミ
語学センター
代々木2丁目
小田急南新宿駅
宿警察署
GIRAUD
ジロー
ジロー

原宿車站

提到原宿，就會令人連想到「竹下通」，這裡的商店幾乎都是年輕人的最愛，有明星商品店、首飾店、服裝店，原宿可以說是日本年輕人文化的發祥地，每到假日，東京都內與近郊的國中、高中生紛紛擠到這裡，甚至連外地來東京旅行的學生也必到原宿竹下通，只要走出竹下口的出口，就會被洶湧的人潮淹沒，據說外地人一到原宿車站，通常會有一個疑問：「今天有什麼節慶嗎？」其實根本沒有任何節慶，這是原宿特有的風貌。

正月三日的時候，原宿車站會設置臨時月台，供前往明治神宮參拜的民眾使用，另外，在靠近代代木車站的那一邊，設有一個「宮廷月台」，專供病弱的大正天皇使用，正式名稱是「原宿車站側部乘降場」，不過只有天皇與隨行人員能夠利用，其他的皇族一概不能使用。

三十年前畫這張畫的時候，表參道零星分佈幾家服裝店，而且都是屬於成人的高級服裝店，一般人似乎很難有勇氣踏進去，當時我走上車站前的天橋，往下俯看原宿車站。我參考當時著名的服裝雜誌「原宿特集」，畫出車站前的人物，畫面中似乎都是從雜誌中跳出來的時髦人物，三十年後的現在，昂首走在這裡的年輕人的服裝穿著已經比雜誌上的人物更時尚。

山手二十九次
今様
遊び人街
原宿駅
HARAJUKU STATION
代田線
明治神宮前駅
Coca-Cola

涉谷車站

畫面中我畫的是大清早一隻狗站在涉谷車站前，我利用魚眼鏡頭的效果來表現整個畫面，這條狗並非著名的忠犬八公，牠在東京車站時曾和老婆婆走在一起，卻在御徒町走失，正各自尋找對方當中。

提到涉谷就讓人連想到忠犬八公，這是二次大戰前就流傳下來的故事，八公的主人是東京帝國大學農學部教授上野英三郎，教授去世後，八公仍然每天晚上前往涉谷站等待主人，另有一種說法是，八公到車站為的是醉客丟給牠烤雞肉串。大正十四年，牠的主人去世後，曾把牠託給友人，但是兩年後牠開始出現在涉谷車站，昭和七年，日本犬保存會的齊藤弘吉以「惹人憐愛的老犬故事」，投稿到東京朝日新聞，使八公一舉成名，後來被稱為「忠犬八公」，昭和九年一月開始募款建設銅像，四月在涉谷車站前建置八公銅像，但是二次大戰時因短缺金屬資源，八公的銅像被捐獻出來熔化，現在的銅像是昭和二十三年重建的，八公死於昭和十年，換句話說，在牠生前人們就為牠立了銅像。

涉谷的八公前廣場是東京最著名的指定見面地點，在過去的年代，許多人相約在這裡見面，這裡經常上演人間社會的悲喜劇，有人順利見面，有人卻等不到約會對象，不過，現在的年輕人都會利用手機確認對方的位置，最常聽到的一句話就是「你在哪裡？」所以，這裡已經少有人間悲喜劇，大概連相約見面的悸動心理也已消失不見了。

山手二十九次
逢引広場
早朝
TOKYU DEPT STORE
東急 東横店
東横お好み食堂

惠比壽車站

惠比壽最著名的就是惠比壽花園廣場，這是一個複合式空間，擁有百貨公司、東京都寫真美術館、電影院等等，位在山手線內側的惠比壽過去原本是著名的啤酒工場，知道這件事的人恐怕少之又少了。

明治二十年，日本麥酒釀造公司在東京的目黑區三田（當時的三田村），建工廠生產「惠比壽啤酒」，發售之初非常受歡迎，有「東京啤酒」的美譽。

現在想起來，在惠比壽生產的啤酒，就直接命名為惠比壽啤酒其實也是理所當然的道理。明治三十四年在此設立貨物車站，站名是「下涉谷」，專供運送啤酒之用，明治三十九年開始運送乘客，才把這個車站和啤酒工廠一帶統稱為「惠比壽」，到了昭和三年才成為正式的地名。

三十年前，我還親眼目睹過啤酒工廠的英姿，我曾經進入裡面參觀過啤酒的製造過程，畫面中是隔著山手線的軌道所看到的啤酒工廠的雄偉外貌，後來貨物車站曾經引進藍色火車開設啤酒餐廳，昭和六十年決定關閉惠比壽啤酒工廠，另行開發計劃，平成六年，這裡脫胎換骨轉變為惠比壽花園廣場。

這張圖的前景是那隻迷路的小狗，另外一位你是否感到很眼熟呢？

山手二十九次
麦酒醸造所
遠景

目黑車站

目黑車站並不在目黑區，而是位在品川區，「江戶五色不動明王」之一的目黑不動明王就位在這裡，過去原本計劃沿著目黑川興建鐵路，卻因為當地農民不喜歡蒸氣火車的煙霧與火車經過時的震動而激烈反對，最後只好把路線改往山上。

三十年前我要畫目黑的時候，一直抓不到當地的特色，後來我想到採用俯看的方式來表現山手線的車站，可是可以從路邊俯視月台的車站只有巢鴨和目黑車站，所以就決定在這裡採用此種構圖。

三十年後，我站在當時繪畫的地方，四周幾乎沒有太大的變化，比較不一樣的是放眼望去的視線多了一些大樓，俯視月台的那個高架橋依然一如往昔，唯一的不同是，當初橋邊的高度只到我的腰際，如今多出一道高聳的鐵絲網，究竟是要防止行人摔落？還是要預防自殺？在這三十年當中，時代是否真的進步了呢？

山手二十九次
眼下停車場眺望
すてきなお買物お食事に

五反田車站

所謂五反田，是指五反大小的田地（大約九九二平方公尺），明治四十四年，日本鐵道原本把車站設在上大崎村子，但是，為什麼會以臨近的地名「五反田」來命名，其中原因不明，不過似乎也沒有人太計較這件事情了。

十七年後的昭和三年，通往我的出生地（池上）的池上電氣鐵路（現在的東急池上線）正式通車，池上線的路基受到目黑蒲田電鐵封死，無法承接更多乘客，所以就改由山手線的上方，往品川、白金的方向繼續延伸，正因為如此，池上線的車站與月台才會採取高架式。早在三十年前，五反田車站的下面就是第二京濱國道，兩側都是高樓大廈，畫起來顯得非常無趣，所以我以仰角的方式搜尋高架車站的池上線月台，沿著山手線一路尋找，最後走到池上線月台下新開發地區的小吃街，整條路上的建物似乎都是一樓為小酒館，二樓是店家的住處。

後來我看過轟動日本的「男人真命苦」系列當中的「寅次郎勿忘草」，淺丘琉璃子飾演一名小酒館歌手莉莉，最後一幕是她被經營酒館的母親索取金錢，聽說當時的拍攝場景就是在這個地區，這件事倒是令我有點訝異。

三十年後我又造訪同樣的地方，但是，這一帶已經完全改建大樓，大樓裡面還是有許多酒館與飲食店，當時的店家很可能都搬遷到這棟大樓裡面了。

新開地
山手二十九
歡楽街朝景
平和軒
無想庵
東府家

大崎車站

三十年前，大崎車站一帶開設許多家印刷工廠，雜亂無章根本難以入畫，當時也是我第一次在這個車站下車，目的則是為了作畫。走了一段距離後，實在找不到合適的景點，正當猶豫不決的時候，突然看到停靠多輛水肥車的污水處理場，當時我突發奇想的決定把它畫下來，我告訴自己，一定沒有一個畫家曾經畫過這個主題……。

三十年後我又重遊舊地，一走出車站，差點就讓我暈頭轉向，這裡擁有臨海線、埼京線、湘南新宿線，利用這個車站的乘客數量激增，現在的大崎車站已經快要追過目黑車站、惠比壽車站，過去還是一片雜亂無章的工廠街景，如今已經轉變為一棟棟兼具住宅與購物中心的複合性大樓。

那座污水處理廠現在又變成什麼了呢?就在一棟棟複合性大樓的最後面，在林蔭小徑的旁邊，有一棟乾乾淨淨的「自來水辦事處」，停車場好像就設在地下室。

在二十九個車站當中，這裡可以說是變化最多的一個車站。

山手二十九次
清掃工場
始業風景
ELF
ELF
東京都清掃局
大崎-38
HONDA

品川車站

京濱急行有一個「北品川車站」，但是，這個車站位在JR品川車站的南邊，以前的「東海道品川宿」是位在現在品川車站的南邊，現在的品川車站其實並不在品川區，而是在港區。

三十年前，我以對比的呈現方式，把京濱急行總公司的破舊建築物和新穎的東京艾美太平洋飯店一起呈現在畫作中，並以仰角的方式，讓老婆婆抬頭仰望高聳的建築物。

品川車站的東口過去是髒亂的貨物車站與工廠林立的髒亂景象，平成十年，在緊鄰新幹線的舊國鐵貨物車站的基地，建了三棟INTER CITY的高樓大廈，現在的高樓數目已經多到難以勝數，平成十五年起，新幹線新車站正式啟用，車站內的商店也一應俱全，京濱快車也可以直達羽田機場，因此，品川車站已經成為連結機場的一個大站，品川車站周遭一帶的景觀也有重大變化。

三十年後，我又站在相同的地點，古色古香的京濱快車的總公司已經消失不見，改建成一棟相同造型的京濱旅館，三十年前堪稱高聳入雲的東京艾美太平洋飯店，如今四周圍都是更高聳的高樓大廈，所以，東京艾美太平洋飯店看起來似乎比三十年前矮了一大截，這應該也算是時代的變遷吧！

山手二十九號
高層高級宿
前景
京品ホテル
三菱銀行
三菱銀行
MITSU BISHI BANK
東京觀光ホテル

田町車站

江戶時代，這一帶都是田地，後來慢慢形成町屋（商家），所以就將這一帶稱為「田町」，明治初期又加上一個「芝」，稱為「芝田町」，整個地區包含有細長的海岸線，鐵軌就鋪在沿著海岸線的防波堤上。

談到田町、三田，就會想到慶應大學，三十年前來到這裡時，正巧碰上當地的「三田祭」，於是我模仿著名畫作「駿州江尻」畫面中的白紙紛飛的手法，來表現三田圖書館與校門前的景致。我看過慶應大學圖書館過去的照片，是在一處斜坡上方，西式哥德式建築的圖書館和日式的演說館並排在一起，這座圖書館建於明治四十五年，是由畢業校友和支持慶應大學的各界人士贊助完成的，完全不受企業家的束縛或政治人物的壓迫，甚至完全不取用政府的一分一毫，「獨立自尊」更是慶應大學一向追求的目標。

三十年過去了，如今慶應大學的門口蓋得像凱旋門一樣雄偉壯觀，從拱形的大門只能稍微窺見到圖書館的一小部分，穿過拱形的入口，警衛戒備並不嚴格，大概是因為慶應大學講究的就是自由的校風，所以很輕易就走到圖書館前方。走出校門的時候，正巧和一群女高中生擦身而過，其中一位看著凱旋門風格的校門，突然大聲驚呼：「哇！簡直就像是迪士尼樂園呢！」聽到這句話，福澤諭吉（慶應大學的創辦者）突然閃過我的腦袋。

三田校舎遠望

濱松町車站

三十年前，我畫了濱松町車站，當時要前往羽田機場，一定要從濱松町搭乘單軌電車，不然就要自行開車。單軌電車直接聯結了當時日本最高的世界貿易中心大樓，這棟四十層的大樓在現在看來只是一般的高度，但是在三十年前可是遠近馳名。

濱松町最著名的是山手線月台上的「尿尿小童」，這座雕像建於昭和二十七年，當時為了紀念鐵路通車八十年，也為了化解旅客的寂寥，由牙科醫師小林光所捐贈，這座雕像會讓人連想起比利時布魯塞爾的尿尿小童，不過，濱松町的尿尿小童的作者不明。

這座雕像最著名的是會隨著季節變換穿著，在某個寒冬，有人為尿尿小童戴上紅色毛線帽，昭和三十年，一位在濱松町附近上班的婦女為尿尿小童穿上愛神丘比特的服裝，但是有人提出反對，認為銅像本來就應該是裸體的。到了昭和四十年，兩派人士經過一番談判之後，最後決定依四季變化，為尿尿小童變換服裝。昭和四十年，那位提議穿衣服的女性去世了，一群手工藝高超的婦女接下這個任務，就這樣自然而然成為一項美談留傳下來。

山手二十九次
高層建築
俯瞰
37B
山手線
商工中金

新橋車站

新橋車站最讓人印象深刻的就是高架橋下的攤販，以及上班族下班後一起喝酒聊天的景象，不過，當時我畫的是白天的月台，這個車站的整體印象沒有太大改變，外表仍是磚造的拱門造型。新橋車站是在明治四十二年啟用，當時日本第一條鐵路新橋～橫濱（現在的櫻木町車站）正式開通，新橋車站就是當時的起點站，明治三十三年有一首著名的流行歌曲「歌頌鐵路」，歌詞裡提到：「汽笛一響，我的火車就要開動，即將進入愛宕山，月亮將一路陪伴我！」

平成十五年，成立了「舊新橋車站停車場」，重現開業之初的車站狀態，裡面是一個呈現鐵路歷史的展示室，在停車場的後面，有一個「0英哩標誌」設置在當年同樣的位置，象徵鐵路起點的標誌，同時還把當年的鐵軌鋪設了數公尺做為展示。

三十年後，我在同一個月台拍照，當時行駛在地面上的橫須賀線，如今已經地下化，東海道線則保持原樣，當年的小雜貨店如今已經擴大，變成JR系統的便利商店，不過，倒是令人懷念起當年的小雜貨店，各種商品擠滿店裡店外，看似雜亂卻又井然有序，只要說出名稱，服務人員一定可以為你找到。

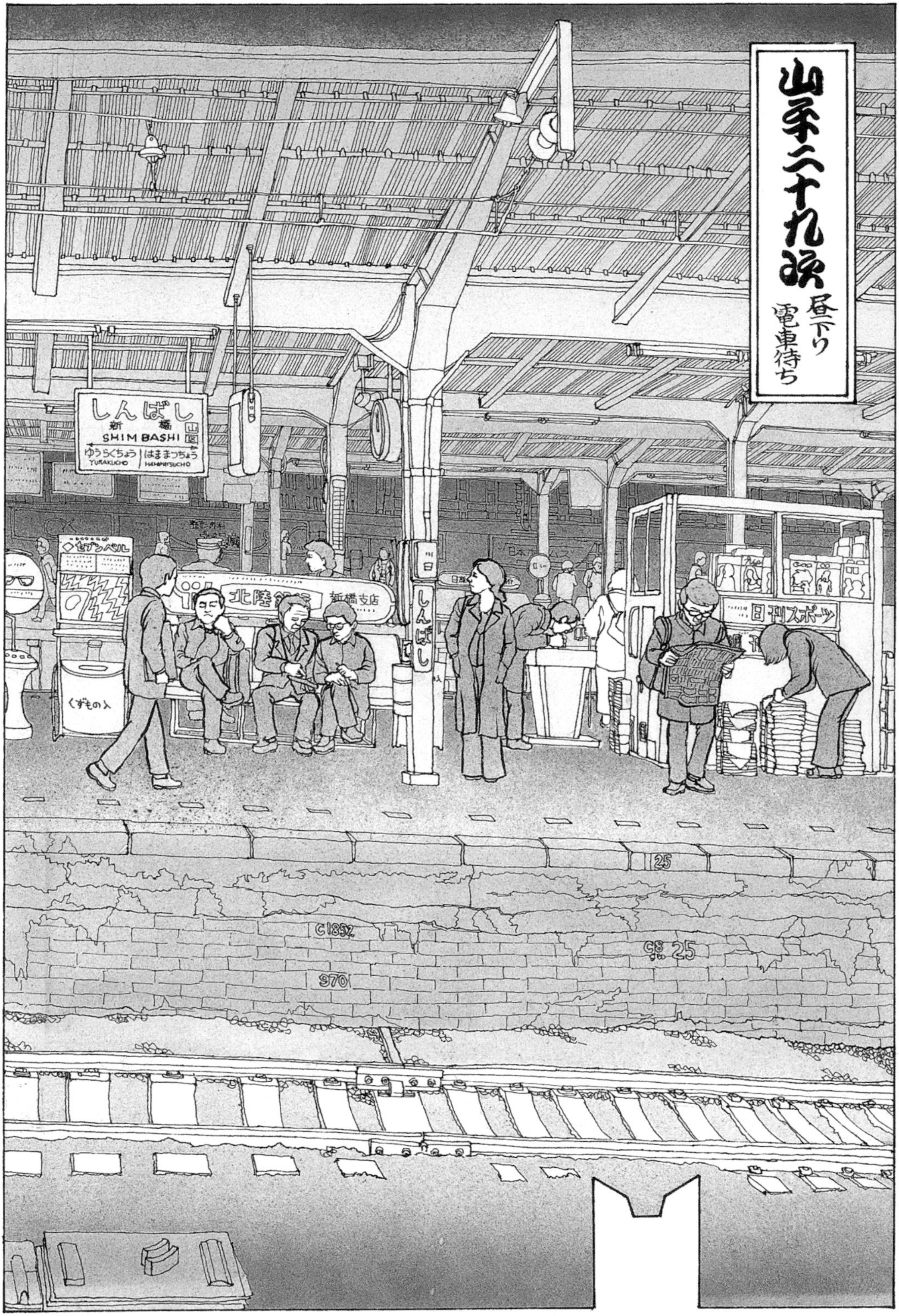
山手二十九駅
昼下り電車待ち
しんばし
新橋
SHIMBASHI
ゆうらくちょう
YURAKUCHO
はままつちょう
新橋支店
しんばし
日刊スポーツ
くずもの入
25
C1852
970

有樂町車站

這個站名的由來，是因為織田信長之弟織田長益的宅邸——「有樂齋」就建在這附近。一首名聞遐邇的流行歌曲「相逢有樂町」，讓有樂町聲名大噪，這也是SOGO百貨東京店的宣傳歌曲。

三十年前，第一家麥當勞在一九七一年，在三越百貨公司的一樓開始營業。但是，當時三越百貨提出一個難題，希望麥當勞的裝潢工程不要影響到三越百貨的營業，三越百貨公司固定週一公休，所以麥當勞只能利用周日晚上六點到週二早上十點進行施工，也就是只有短短四十個小時就完成整個裝潢工程，這個麥當勞賣場只有一二九平方公尺，只能提供外帶服務，後來甚至在這個銀座步行者天堂也推出外帶式的杯麵，所以，銀座可說是日本邊走邊吃的文化發祥地。背景的圓筒型三愛大樓依然健在，我從很小的時候，就一直認為上面的標誌是三菱電機的商標，三十年後前往拍照時，正在更換上面的商標，三菱之後改換可口可樂的廣告商標，看到這種轉變，內心突然興起一種怪異的感覺，覺得日本還是輸給美國了。

二十九張的畫作當中，有樂町是最後一張，第一站東京車站算得上是上班族的地獄，所以，我希望把最後一站有樂町塑造為天堂，在東京車站形影不離，卻在御徒町分散的老婆婆和小狗，終於「相逢有樂町」，老婆婆和小狗還興奮的淚眼相對呢！

山手六十九次
銀座
歩行者天国
三越
Nikon
CROWN
地下鉄
三愛

三十年後所寫的後序

這些作品都是三十年前自東京藝大畢業前所畫的作品，曾經在舊東京都美術館展出。

二十年前我曾經自費出版過一次，原本計劃再版，但是，進行校樣的時候，才發現文章與內容架構不盡理想，只好把文章重新加以改寫，沒想到居然花了整整一個月的時間。

十年前，我在名古屋舉辦這系列的原畫展，也把二十年後的現場拍成照片同時展出，極獲好評，三十年後，這些景致究竟又有哪些改變了呢？

於是，我決定用相機再把當時的場景重新拍攝一次，有些車站已經找不到當時作畫的地點，我就像推理小說的作者一般，利用假日閒暇的時間，抽絲剝繭，邊找邊問，竟然也耗費一個月的時間。

後來，我把全部的文章都加以改寫，為了使內容更詳實，就決定每個星期探訪三個車站，結果也花了整整十個星期。

也因為如此，才嚴重拖延交稿時間，造成新風舍出版的黑住先生與金先生的困擾，所以，我要慎重向他們表達我最高的歉意。

完成本書之後，我的心情十分雀躍，就像小孩子捧著作文簿向媽媽炫耀一般，又叫又跳的說：「媽媽！快來看我的作文！」

山手二十九次

出版 瑞昇文化事業股份有限公司
作者 間宮健二
譯者 郭玉梅

總編輯 郭湘齡
責任編輯 朱哲宏
文字編輯 王瓊苹、闕韻哲
美術編輯 朱哲宏
排版 靜思個人工作室
製版 興旺彩色製版股份有限公司
印刷 皇甫彩藝印刷股份有限公司

戶名 瑞昇文化事業股份有限公司
劃撥帳號 19598343
地址 台北縣中和市景平路464巷2弄1-4號
電話 (02)2945-3191
傳真 (02)2945-3190
網址 www.rising-books.com.tw
Mail resing@ms34.hinet.net

初版日期 2008年5月
定價 220元

間宮健二
散步畫家。
1952年生於東京都大田區，現居住在江東區。
1975年東京藝術大學畢業之後，一邊從事廣告設計，一邊持續寫意風景畫的創作。

著有
1985年『沖繩百色』(自費出版)
1996年『名古屋散步』(自費出版)

●國家圖書館出版品預行編目資料

山手二十九次 ／ 間宮健二作；郭玉梅譯.
-- 初版. -- 台北縣中和市：瑞昇文化，2008.04
64面；15×21公分
ISBN 978-957-526-754-4 (平裝)
861.6 97006948